銀髮川柳2

# 飯只能吃8分飽，剩下2分要吃藥

シルバー川柳2「アーンして」むかしラブラブいま介護

統籌者 / 日本公益社團法人全國自費老人之家協會
編者 / POPLAR 社　　繪者 / 古谷充子

suncolor
三采文化

# 銀色／銀髮族

【シルバー（silver）】

## 關於興趣與嗜好

在日語中，「シルバー」這個外來語，是老人的代稱。根據總務省統計局於二〇一二年的調查，那時日本六十五歲以上人口，已達到三千零七十四萬人，約占當時日本總人口四分之一。

根據同一項調查報告，最受老年族群喜愛的興趣嗜好，是「園藝」，其次則是「閱讀」。其中，除了男性族群喜歡「木工」，女性喜愛「編織／製作手工藝品」之外，散步和唱卡拉OK也是十分熱門的興趣。

好漢不提當年勇
畢竟當年見證者
現今全都已仙逝

上中直樹／男性／千葉縣／三十歲／自雇者

模仿麥可跳舞
卻被誤會是
癲癇發作

井野浩／男性／福岡縣／四十七歲／無業

同學會上
大家乾杯鞠躬
卻差點一起跌倒

石岡和子／女性／東京都／八十二歲／無業

妻子說
社會安定的前提
是夫妻關係和睦

得能義孝／男性／廣島縣／六十七歲／無業

我才不是老了
是年紀輕輕就健忘
嘴上逞強著

井上榮二／男性／千葉縣／七十六歲／無業

年過古稀之後
天亮才回家
也不會讓老伴生氣

津村信之／男性／東京都／六十九歲／無業

耳朵聽不到了
只好學旁邊的人
他笑我跟著笑

北川山三／男性／茨城縣／七十歲／無業

太太就像玫瑰
花瓣凋謝後
獨留荊棘

中村利之／男性／大阪府／六十五歲／無業

退休後回了鄉下
竟然發現
自己還算年輕

安松文次／男性／大分縣／六十四歲／無業

你年輕時
有看過恐龍嗎
曾孫這樣問

岡崎萬紀子／女性／千葉縣／五十五歲／家庭主婦

妻子只對
狗狗甜言蜜語
真令人嫉妒

西岡博／男性／高知縣／六十一歲／無業

又忘記東西放哪了
但不想讓人知道
只好開始大掃除

熊井繼江／女性／大分縣／七十歲／家庭主婦

想回覆手機的訊息
習慣使然
寄出了明信片

植平勝子／女性／京都府／八十四歲／家庭主婦

100
10
50
2
60

退休的時候
收到了一條圍裙
感覺不妙

田邊正勝／男性／東京都／六十四歲／兼職

優雅地變老什麼的
根本不可能嘛
說什麼瞎話

菅勇／男性／大分縣／八十一歲／無業

不過吃個麻糬
就引得全家人
緊張不已

山木哲也／男性／千葉縣／三十九歲／上班族

花上五十年
鍋子和蓋子
終於合上了

田村常三郎／男性／秋田縣／七十六歲／無業

# 做了關於我家裡政權交接的夢

伊能幸一／男性／千葉縣／七十六歲／無業

退休後的夢想
直到現在
依然只是夢啊

永松義敏／男性／奈良縣／六十八歲／民事調解委員

直到看到
偶像在慶祝六十大壽
才感覺自己老了

二瓶博美／男性／福島縣／五十四歲／無業

老人聚會上
竟然有除我之外的
俳句王子

原峻一郎／男性／佐賀縣／七十六歲／無業

戴上助聽器後
偷聽八卦的能力
越來越強了

白井道義／男性／福岡縣／七十歲／無業

男女混浴裡
擠滿了
晚來幾十年的人

蓮見博／男性／栃木縣／五十九歲／無業

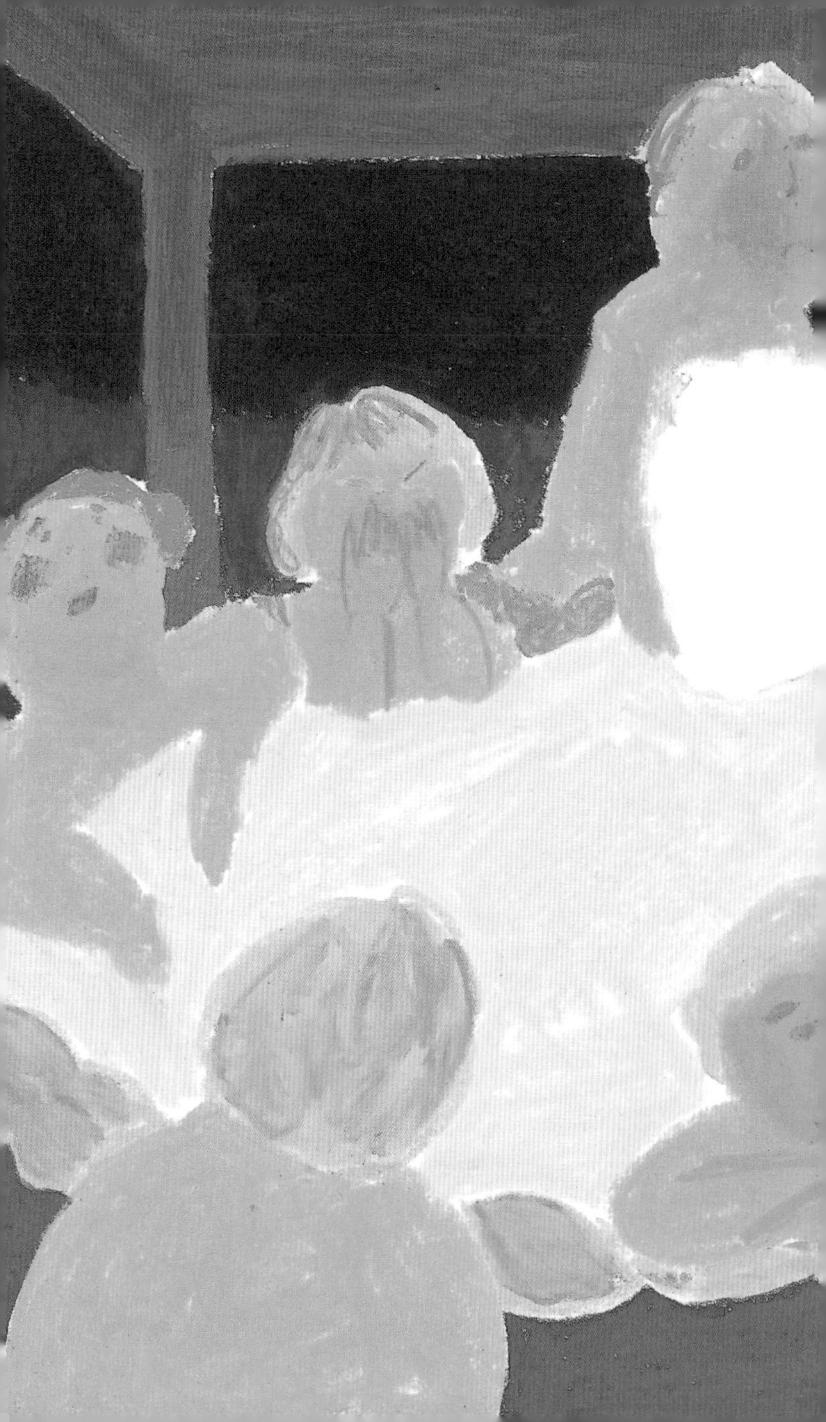

奮起吧！
不是說日本啦
我是說我的腿和腰

上條直子／女性／東京都／二十八歲／無業

異性看著的時候
我可不想
拿出我的敬老卡

藤澤繁夫／男性／石川縣／五十七歲／裝裱師

拄著拐杖
讓人忍不住想模仿
盲劍客

安達秀幸／男性／東京都／五十八歲／自雇者

小心走路哪！
祖母警告完孫子後
自己摔倒了

奧川美和／女性／和歌山縣／三十八歲／家庭主婦

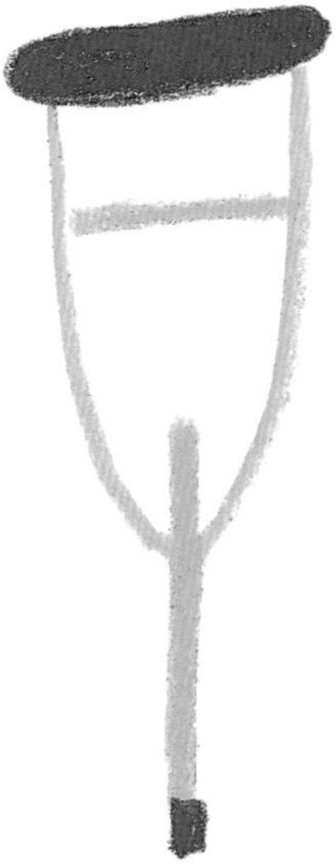

忘記漢字怎麼寫
只好查字典
卻更看不清那些小字

阿勝爺爺／男性／千葉縣／六十七歲／兼職

醫生那
突如其來的友善
令人感到不安

上野翠／女性／兵庫縣／七十歲／家庭主婦

今天我又
打開了户外雨遮
告訴大家我還活著

小林千美／女性／群馬縣／七十一歲／藥劑師

對老伴的化妝技術
視而不見
是最大的體貼

井川實／男性／東京都／七十一歲／自雇者

去掃墓時
竟有人問我
「是來事先選地的嗎？」

村上真一／男性／大阪府／四十一歲／上班族

最近一次用力寫字
是寫到遺囑的
遺產分配時

吉川弘子／女性／神奈川縣／六十歲／自雇者

# 我的外出行程
# 牙科、外科、內科
# 耳鼻喉科

吉野京子／女性／千葉縣／五十六歲／家庭主婦

組團出遊去
日子真難定
每天都有人體檢

牟禮丈夫／男性／京都府／八十歲／無業

我當然沒有蛀牙
因為早就
做全口假牙了

淺川雅巨／男性／愛媛縣／七十一歲／無業

每天堅持散步
直到連
狗狗都厭倦了

清水雅之／男性／奈良縣／六十九歲／自由業

恰到好處地暗示
我的遺囑內容
讓老伴對我更有耐心

小林豐文／男性／靜岡縣／五十歲／上班族

耳朵差到
連詐騙電話
都聽不清楚了

竹重登美子／女性／山口縣／六十七歲／家庭主婦

音量調高的電視
簡直就是
搖籃曲

桑田佳子／女性／神奈川縣／五十歲／居服員

真是尷尬
竟然想不起來
老公叫什麼了

五十嵐寬子／女性／埼玉縣／六十三歲／無業

今天早餐
吃過了嗎？
老伴試探性地問

高橋智子／女性／宮城縣／五十九歲／家庭主婦

我想說說
今天發生了什麼事
聽眾卻只有貓

有賀綠／女性／東京都／五十四歲／體育教練

砧板上的切痕
是妻子
辛勞的證據

猿渡富美男／男性／福岡縣／八十六歲／無業

# 我也是三高
# 血壓、血糖
# 尿酸高

三木奈美／女性／兵庫縣／三十五歲／家庭主婦

福

看到太太
跳的草裙舞
好像看到鬼一樣

坂本美紀／女性／高知縣／五十九歲／無業

耳朵已經
分不清
相親安排和日式豬排[*]了

西出和代／女性／東京都／五十七歲／無業

＊編按：日文中「相親（こんかつ）」和「炸豬排（とんカツ）」發音相似。

用雙手合十的
祈禱姿勢
站上體重計

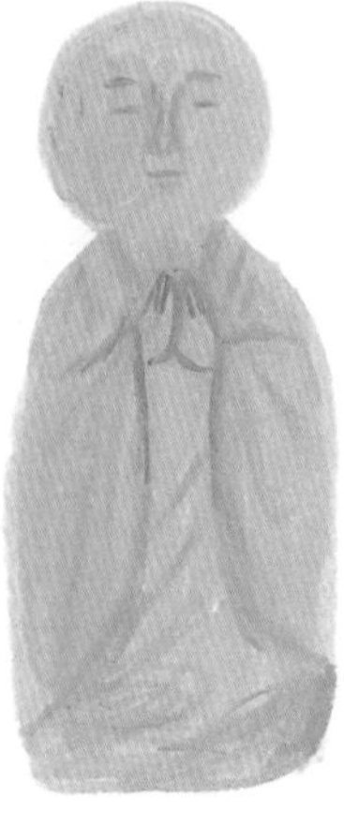

上野翠／女性／兵庫縣／六十八歲／家庭主婦

老了之後
比起讀空氣
我寧願讀佛經

瀨戶畢莉卡／女性／神奈川縣／四十三歲／平面設計師

每天我都很早起
但從來不是
我主動想早起

北風／男性／長野縣／三十歲／兼職

隨著歲月
不斷減少的東西
膝關節的軟骨、存款餘額

久枝／女性／東京都／六十二歲／家庭主婦

所謂銀髮族
就是一邊跳吉魯巴舞*
搖擺著上救護車的人

諸田光雄／男性／群馬縣／六十二歲／無業

*編按：日文中「銀髮族（シルバー）」與「吉魯巴舞（ジルバ）」發音相似。

一整天都還沒吼人
真令人擔心
老伴還有呼吸嗎？

岡良真理子／女性／大阪府／二十六歲／家政人員

眼睛退化到
連徵才廣告
都看不清楚了

田中清春／男性／京都府／六十三歲／無業

仔細檢查找零後
把買好的東西
留在收銀檯就離開

酒醉少爺／男性／東京都／六十六歲／上班族

總是習慣裝傻聽不清
結果漏聽了
重要大事

鈴木正治／男性／靜岡縣／七十八歲／無業

已經撐到極限了
妻子這樣說
我們還是解散吧

富田圭一／男性／兵庫縣／七十一歲／無業

老年福利金
原封不動地
進了孫子的口袋

岩橋喜代子／女性／和歌山縣／七十六歲／無業

看我拿掉假牙
孫子還要我把
眼睛也拿下來

佐佐木恭司／男性／神奈川縣／六十三歲／無業

我還很有元氣！
就連遺書都
能夠寫兩遍

東清一郎／男性／神奈川縣／九十四歲／無業

1

自我介紹的重點！
我的血壓
是正常值啊！

寒梅／男性／栃木縣／七十四歲／無業

祖父母對話像表演漫才*
不過沒人負責吐槽
兩人都在裝傻

金井貴之／男性／埼玉縣／二十六歲／兼職

*編按：漫才，類似對口相聲，一人負責裝傻，另一人負責吐槽。

AKB
SKE
NMB

看見新名詞
字典查半天
最後還得問孫子

岸本清／男性／福井縣／八十歲

老爸打掃了屋子
買了茶點
等待居服人員的到來

近藤真里子／女性／東京都／四十七歲／兼職

今天是體檢日
奶奶穿上了
最好看的內衣

鈴木理惠子／女性／京都府／五十二歲／針灸師

幸福就是
和老伴兩人
一起吃涼拌豆腐

和田次郎／男性／福岡縣／七十一歲／無業

孩子是我的軟肋
孫子是我的弱點
人生真艱難

卑彌呼／男性／東京都／六十五歲／自雇者

敬老日一個不夠用
從今以後再設立個
超級敬老日吧

昼田正／男性／山口縣／五十九歲／自由業

福
寶

老婆大人有不滿
別再只和狗抱怨
求你直接跟我說

足立忠弘／男性／東京都／七十一歲／無業

少年恩愛，老年照護
同樣都是
「啊～張開嘴」

山口松雄／男性／愛知縣／六十三歲／無業

實在太寂寞了
於是和詐騙集團
講了好久的電話

星野透／男性／埼玉縣／七十二歲／無業

每天就是吃和睡
要是我是豬
早就被賣掉了

渡邊嘉子／女性／福島縣／八十三歲／無業

不小心跌倒了
仔細一看
地板也沒有不平呀

岩崎總惠／女性／滋賀縣／五十五歲／兼職

孫子問我的
電子信箱地址
我卻說了門牌號碼

片瀨繪美／女性／千葉縣／二十六歲／上班族

孫子稱讚我
腦袋裡的皺紋
都長到臉上了

楠畑正史／男性／大阪府／六十六歲／無業

老伴笑我妝太濃
也不看看自己
頭髮掉光光

北川康宏／男性／大阪府／五十八歲／音樂家

老人會中
派系複雜
大家頭銜都很大

森山勉／男性／新瀉縣／七十四歲／農民

我這輩子真長壽
連遺言都
想了好多年

北川賢二／男性／大阪府／五十四歲／自雇者

我對慢性病的了解
可以說
和醫生不相上下

玉井一郎／男性／香川縣／七十七歲／教師

喂～拿茶來好嗎？
好～沒問題！
轉眼瓶子掉地上

山本隆莊／男性／茨城縣／七十一歲／無業

辛苦半輩子
買下的家
最後還是只有自己住

城本敏子／女性／大阪府／八十歲／無業

# 眼鏡和鑰匙總是憑空消失的神祕不可解事件

涌井悅子／女性／新瀉縣／五十五歲／家庭主婦

活得太長壽
被政府單位警告
別太超過

花本正昭／男性／島根縣／六十八歲／農民

飯只能吃八分飽
剩下兩分
要吃藥

黑澤基典／男性／群馬縣／四十五歲／教師

和年輕人平起平坐的事
只剩下
理髮店的費用

二瓶博美／男性／福島縣／五十二歲／上班族

電梯怎麼不動了？
原來是
忘記按樓層

鹽田時子／女性／埼玉縣／七十七歲／無業

寫字被稱讚
字跡韻味獨特
其實只是手抖

大澤紀惠／女性／新潟縣／七十歲／無業

年已屆古稀
人人稱才女
可惜還單身

原峻一郎／男性／佐賀縣／七十九歲／無業

假牙鬆脫
竟然直直掉進
孫子的碗裡

飯田富子／女性／富山縣／一百零二歲／無業

親愛的奶奶
請妳一直一直
健健康康喔！

熊谷健志／男性／岡山縣／七歲／小學二年級學生

結語

# 笑聲能將人連結在一起

「銀髮川柳」是由日本公益社團法人全國自費老人之家協會主辦，自二〇〇一年起，每年舉辦的短詩徵集活動。

儘管日本人口逐步邁向高齡化社會，銀髮世代談論自身話題的機會仍然不多。為了鼓勵人們以輕鬆、有趣的方式寫下日常生活，以及紀念協會成立二十週年，「銀髮川柳」便誕生了。至二〇一三年為止，來投稿的短詩總數已超過十一萬首，這些詩歌於二〇一二年的秋季首次出版。出版後反應熱烈，協會便決定出版續集。

編輯部每天都會收到許多明信片迴響。有人表示：「我已經很久沒有笑得這麼開心了！」也有人說：「令人感同身受，讀完後不再覺得那些只是別人的問題，而是切身的困擾，這些文字給了我力量與勇氣。」

此外，透過這些來信，我們也不難想像人們笑著翻閱本書的心情。例如「這是家人送給我的禮物」、「我帶著它去朋友聚會時深受歡迎」、「我那總臭著一張臉的丈夫，讀完後都忍不住發笑」。最令我們慶幸的是，透過笑聲，我們將這麼多人聯繫在了一起。我們想藉此機會，向廣大讀者們表達感謝。

## 為每天的日常，增添一絲幽默

在我們收到的信件中，也包含像這樣的宣言「我的幽默感還不夠厲害，所以我也想嘗試寫川柳短詩，就從今天開始！」、「每個人都真會寫！我也要在創作聚會上加倍努力了」。

川柳這種詩體的優點，在於並不像俳句，有著必須包含季節用詞等限制。因此可以自由、坦率地寫下每天的經歷和想法。只要有紙和筆，就可以輕鬆創作。

人們寫作的型態也各式各樣，有像社團一樣，每天聚在一起打磨作品的；也有帶著小記事本，想到什麼就記錄下來的。不過最主要的寫作題材，大多都是自己日常生活的點滴。

在本書中，便包含了日本各地，許多銀髮族群的日常場景。例如「每天堅持散步／

直到連／狗狗都厭倦了」以及「今天早餐／吃過了嗎？／老伴試探性地問」皆是以銀髮川柳常見的健忘主題創作。前者講述了主人忘記已經帶過狗狗出門散步，遛狗遛到狗狗都厭倦了的故事；後者則是一對老夫老妻之間的溫馨日常。

此外，「戴上助聽器後／偷聽八卦的能力／越來越強了」、「同學會上／大家乾杯鞠躬／卻差點一起跌倒」則是徹底扭轉老年困境的創作，有種難以言喻的可愛。

## 越老越有力，開懷面對明天

本書共收錄九十首詩作，包括第九屆、第十屆徵文活動的入圍作品。其中，除了所謂的銀髮族群之外，還有許多不同年齡層的作品。但無論作者的年紀，這些短詩無疑都展現了老後生活獨有的韻味與力量。

在二〇一〇年，紀念徵文活動十週年之際，我們也向當年來稿中最年長的作者（一百零二歲，來自富山縣）、最年輕的作者（七歲，來自岡山縣），以及連續十年投稿的作者（七十九歲，來自佐賀縣）分別頒發了特別獎。

本書不僅僅是一本文集，更是日本超高齡社會的縮影。正如每一首川柳背後都有一個故事，每個人的生活也有不同的風景。人們每天都在面對嚴酷的現實，並試圖找到解決的方法。然而，有時我們也需要放鬆和好好大笑。這些文字帶給我們的共鳴，希望都能被轉化成明天的勇氣。如果這本書能給你帶來一抹笑容，將會是我們最大的榮幸。

最後，我們想對那些同意將作品收錄進本書的作者們，表示衷心的感謝。

日本公益社團法人全國自費老人之家協會

POPLAR 社編輯部

本書內容，是由全國自費老人之家協會主辦的「銀髮川柳」活動的入圍作品和投稿作品收錄而來。

其中包括：第九、第十、第十二屆入圍作品（含特別獎），以及第四至第十一屆投稿的優秀作品。

● 入圍作品部分，是由全國自費老人之家協會選出；投稿優秀作品則是 POPLAR 社編輯部精選收錄。

● 其中作者的姓名／筆名、年齡、職業、地址等資訊，均按投稿時的資訊為準。

統籌者介紹：

**日本公益社團法人全國自費老人之家協會**

成立於一九八二年，旨在照顧自費養老院的使用者，並促進長照、養老領域的健全發展。該協會的運營範圍相當廣，包括入住諮詢、業者經營支援、入住者基金管理、員工培訓等多個方面，並獲得日本厚生勞動省的認可。

「銀髮川柳」為該協會主辦，自二〇〇一年起每年舉辦的短詩徵集活動。只要是與高齡化社會、高齡者的日常生活相關，題材、申請資格皆無任何限制。為反映日本步入超高齡社會，並為銀髮世代發聲的獨特活動。

國家圖書館出版品預行編目資料

銀髮川柳 2：飯只能吃 8 分飽，剩下 2 分要吃藥 / 日本公益社團法人全國自費老人之家協會編，古谷充子繪 . -- 臺北市：三采文化股份有限公司，2024.12
面； 公分 . -- (Mind map ; 280)
譯自：シルバー川柳 2「アーンして」むかしラブラブいま介護
ISBN 978-626-358-515-7( 平裝 )

861.51 113013987

Mind Map 280

# 銀髮川柳 2：

## 飯只能吃 8 分飽，剩下 2 分要吃藥

統籌者｜日本公益社團法人全國自費老人之家協會
編者｜ POPLAR 社　繪者｜古谷充子
編輯三部 副總編輯｜喬郁珊　責任編輯｜楊皓　版權選書｜劉契妙
美術主編｜藍秀婷　封面設計｜莊馥如　內頁編排｜顏麟驊
行銷協理｜張育珊　經紀行銷副理｜周傳雅

發行人｜張輝明　總編輯長｜曾雅青　發行所｜三采文化股份有限公司
地址｜台北市內湖區瑞光路 513 巷 33 號 8 樓
傳訊｜TEL: (02) 8797-1234　FAX: (02) 8797-1688　網址｜www.suncolor.com.tw
郵政劃撥｜帳號：14319060　戶名：三采文化股份有限公司
本版發行｜2024 年 12 月 27 日　定價｜NT$250